헨젤과 그레텔의 섬

ヘンゼルとグレーテルの島
水野るり子

헨젤과 그레텔의 섬

ISBN 979-11-89433-39-0 (04800)
ISBN 979-11-960149-5-7 (세트)

초판 1쇄 발행 2016년 3월 24일
초판 2쇄 발행 2017년 6월 30일
개정판 1쇄 발행 2022년 5월 13일

지은이 미즈노 루리코
옮긴이 정수윤
기획 김보미·김영수·김현우·김희윤·박술
　　　박효숙·이주환·장지은·최성경·최성웅
편집 이해임·김준섭·최은지
디자인 김마리
조판 남수빈
제작 영신사
홍보 김수진

펴낸곳 잇다
등록 제300-2015-43호. 2015년 3월 11일
주소 (04035) 서울시 마포구 양화로11길 64, 401호
전화 02-6494-2001 팩스 0303-3442-0305
홈페이지 itta.co.kr 이메일 contact@itta.co.kr

책값은 뒤표지에 있습니다.
잘못된 책은 구입하신 서점에서 바꿔 드립니다.

헨젤과 그레텔의 섬

미즈노 루리코 지음
정수윤 옮김

읻다

일러두기
- 이 책은 水野るり子의 ヘンゼルとグレーテルの島(現代企画室, 1983)를 우리말로 옮긴 것이다.
- 맞춤법과 외래어 표기는 국립국어원 규정을 따랐다.

한국어판 서문

《헨젤과 그레텔의 섬》은 1983년 일본에서 출간됐습니다. 그로부터 33년이 흘러, 이 책이 한국어로 번역돼 새로운 독자분들을 만날 수 있게 된 것을 대단히 기쁘게 생각합니다.

이 시집의 첫 행은, 어느 여름날, 기억의 바다 깊은 곳에서 돌연 작은 섬처럼 떠올랐습니다. 그것이 그림 형제의 동화 《헨젤과 그레텔》을 배경으로 한 한 편의 산문시가 되었고, 나아가 여러 편의 연작 산문시로 이어졌습니다. 태평양전쟁 후, 스무 살에 세상을 뜬 오빠와 그 여동생인 저를 통해 세상에 나온 판타지와 같은 작품이었습니다.

《헨젤과 그레텔의 섬》 전에 나온 첫 시집은 《동물도감》이었습니다. 그 시집의 문체는 제 내면에 깃든 생각들을 단정적으로 서술하는 방식이었어요. 시에 등장하는 동물들은 대부분 우리 속에 갇혀 있거나, 하늘에서 추락하거나, 멸종하거나, 소외당하는 비극적인 존재여서, 글을 쓰는 저마저 궁지에 내몰리는 기분이었습니다. 이런 방법으로 계속해서 시를 쓴다면 너무 괴로울 것 같다는 고민에 빠진 저는,《헨젤과 그레텔의 섬》에서 이야기를 풀어나가는 화자의 위치로 제 자신을 끌어왔고, 이를 통해 이전의 숨 막히는 괴로움에서 어느 정도 해방될 수 있었습니다. 화자인 동시에 등장인물이 되는, 그런 방법으로 자유롭게 상상력을 펼칠 수 있는 해방감을 얻은 것이 아닌가 싶습니다.

시를 막 쓰기 시작했을 때는, 오롯이 나만의 사상이나 관념을 획득하지 못하면 시를 쓸 수 없다고 믿었습니다. 하지만 그게 아니라, 쓰는 행위 그 자체로 자기 자신이 드러나는 것이겠지요.《헨젤과 그레텔의 섬》을 쓰면서, 저는 제게 적합한 시의 문체를 발견했던 것입니다.

시집의 제2장에는 짧은 시를 모았고, 제3장에서는 꿈

의 시간을 시로 재현하고자 했습니다. 개념적 표현이 아닌, 꿈속에서 잇달아 떠오르는 생동감 있는 이미지의 살아 있는 매력을 시의 문체로 담고 싶었습니다. 그 무렵 저는 자주 꿈을 꾸곤 했는데, 어느 때는 노트에 몇 장이나 써 내려갔을 정도로 긴 꿈을 꾸기도 했습니다. 일상과는 다른 차원에서 벌어지는 또 하나의 시간이었어요. 그즈음 융 심리학에 대한 책을 곧잘 읽었는데, 융이 말하는 집단 무의식이라는 사상이 제게 암시하는 바가 컸고 아울러 매력적이었습니다.

이처럼 의식의 밑바닥에서 생겨나는 이미지의 단편을 직조하여 하나의 이야기로 만들어가는 방법이 저와 잘 맞았습니다. 이렇게 이야기를 풀어가는 방식이 제 의식의 밑바닥에 있는 우주적 감각을 저절로 끄집어내 준 것인지도 모르겠습니다. 애니미즘적 세계관이라고 할까요. 예를 들어 이 시집의 첫 시에서 오빠, 동생, 코끼리, 섬으로 잇달아 주체가 이동하는데요, 그 모든 존재가 생명으로서 동등한 무게를 지니고 있습니다. 〈도라의 섬〉

의 두 번째 연에서도 코끼리, 새, 도마뱀이 모두 동등하게 우주의 느릿한 음색의 고리로 연결돼 있습니다. 이는 유토피아적 세계관일 수도 있겠지만, 아이들은 아직 이런 감각을 지니고 있는 것이 아닐까요.

이런저런 이야기를 늘어놨는데, 애초에 시는 설명이 필요 없는 것이겠지요. 끝으로 저는 지금도 〈나무의 집〉의 마지막 연을 종종 떠올리곤 합니다.

어두운 나무의 집 그림이 내 어린 날 낙서였는지는 기억나지 않는다   그러나 나무의 집이 부식되어   나무의 벽이 무너져 내리기 전에   나 또한 그곳으로 떠나야 한다   저 옅어지는 점점을 별처럼 이어   아무도 돌보지 않는 악어들의 눈과 발의 위치를 찾아내야 한다   그러기 위해 한 개비 성냥이 아닌 굵은 붓 한 자루 갖기를 나는 바랐다

2016년 2월 봄

미즈노 루리코

Ⅱ

Ⅲ

I

ヘンゼルとグレーテルの島

二人で一つの島にすんでいた夏がある　小さい門には
どの家とも区別がつかないように×点がつけてあった
私はせまい階段をのぼって　髪に花をさしながら部屋
に入った　部屋には象がいた　象は後向きになって海の
ことばかり想像していたので　波がいくたびも背中を
のりこえているうちに　ほとんど島になりかけていた
やがて島は小さな明りをともしたまま二人をのせて　夜
ごと海へ沈んだ

兄は夜になると島のことばかり話した　島はまだ幼な
いときヒトに囚えられて裸にされ　動物分布図まで記
入されている(二人はとてもはずかしかった)　古い記号
が今もかすかに島のあちこちに残っている　それは縄

헨젤과 그레텔의 섬

둘이서 한 섬에 살던 여름이었다 조그만 문에는 어느
집과도 구별되지 않도록 ×표가 그어 있었다 나는 좁은
계단을 올라 머리에 꽃을 꽂으며 방으로 들어섰다 방
에는 코끼리가 있었다 코끼리는 돌아앉아 바다만을 상
상했기에 파도가 몇 번이고 등을 덮쳐오는 사이 어느
덧 섬이 되어갔다 이윽고 섬은 작은 등불을 밝힌 채 두
사람을 태우고 밤마다 바다로 잠겼다

오빠는 밤이 되면 섬 이야기만 했다 섬은 아직 어릴 때
인간에게 붙잡히고 발가벗겨져 동물 분포도까지 기입
되었다 (두 사람은 너무나 부끄러웠다) 오래된 기호가
지금도 섬 곳곳에 아스라이 남아 있다 그것은 밧줄이
남긴 자국처럼 보인다 데본기에 어느 양서류가 섬을 지

目のあとのようにみえる　デボン紀に一種の両生類が
島を通りぬけた跡があるが通りぬけたこと以外何も分
らない　さびしい島はそれ以来象の姿でひっそりとぼ
くらを待っていたのだ　空と明るい羊歯の森かげへぼく
らを連れていくために

昼間二人は円い食卓に向い合い象と島の行方だけを考
えた　盆踊りの余韻が風にのって流れ東洋のどこかの
国へ来たような気がした　私は象にドーラという名を
つけた　兄は島にドーラという名をつけた　私は象使
いのムチをつくる蔓草について歌をつくり　兄は島の
地質とただ一つの大きい足跡の寸法について長い論文
を書いていた　二人はテーブルをまわりながら象と島
の見える位置へはてしなく近づいていった

いろいろなところで父や母が死にはじめた　大人たちの
戦争が起った　みなれぬ魚が階段をのぼって戸口できき

나간 흔적이 있지만 지나갔다는 사실 외에 아무것도 모른다 외로운 섬은 그 후 코끼리의 형상으로 고요히 우리를 기다려온 것이다 하늘과 반짝이는 양치식물이 있는 숲 그늘로 우리를 데려가기 위하여

낮 동안 두 사람은 둥근 식탁에 마주 앉아 코끼리와 섬의 행방만을 생각했다 군무의 여운이 바람을 타고 흘러 동양의 어느 나라에 온 듯한 기분이 들었다 나는 코끼리에게 도라라는 이름을 붙였다 오빠는 섬에게 도라라는 이름을 붙였다 나는 코끼리 채찍 만드는 넝쿨에 대한 노래를 짓고 오빠는 섬 지질과 단 하나의 큰 발자국 치수에 대한 긴 논문을 썼다 둘은 테이블을 돌며 코끼리와 섬이 보이는 곳으로 하염없이 다가갔다

여기저기서 아버지와 어머니가 죽어갔다 어른들의 전쟁이 시작되었다 낯선 물고기가 계단을 올라 문 앞에서 엿듣는 기척이 났다 나는 고개를 숙이고 물고기를 끌어

耳をたてる気配がした　私はうつむいて魚をひきあげる
と足を切った　どの足も短かかった　窓の外は足と古い
内臓の匂いがした　みごもった魚の腹のなかには盲い
た地図が赤くたたまれていた　楕円形の暗いお皿の上に
兄は地図をひろげた　それは多産な地方だった　二人は
無垢な疵口のように横たわりみしらぬ魚の料理法を初
めて学んだ　魚もヒトもいつか癒される必要があるの
だと知った　それが大人たちの秘密だった

森の奥で羊歯の胞子が金色にこぼれる音がした　かま
どの中で魔女がよみがえりはじめていた　あの人のポ
ケットにはもうパン屑も小石もなかった　そして短か
い夏の末にあの人は死んだ　それは透明な小さいコッ
プのような夏だった　だがそのような夏を人は愛とよ
ぶような気がした

올려 다리를 잘랐다 다리는 모두 짤막했다 창밖에서
다리와 묵은 내장 냄새가 났다 새끼 밴 물고기 배 속에
눈먼 지도가 붉게 접혀 있었다 오빠는 어두운 타원형
접시 위에 지도를 펼쳤다 그것은 다산의 땅이었다 두
사람은 티 없이 맑은 상처처럼 드러누워 처음으로 낯선
물고기의 요리법을 배웠다 물고기나 사람이나 언젠가
치유될 필요가 있음을 알았다 어른들의 비밀은 거기 있
었다

깊은 숲속에서 양치식물의 포자가 금빛으로 쏟아지는
소리가 났다 부뚜막 안에서 마녀가 되살아나고 있었
다 그이의 호주머니에 더는 빵 부스러기나 조약돌이 남
아 있지 않았다 그렇게 짧은 여름의 끝에 그이는 죽었
다 그것은 작고 투명한 유리잔 같은 여름이었다 그런
여름을 사람들은 사랑이라 부르는 듯했다

ドーラの島

ドーラを捜しに行こうと兄がいった　ドーラは島の象だった　島は日没の近くにあった　島のまんなかに一日分の空があり　空は町をかくしていた　町は窓をかくしていた　兄は病室の窓から森かげへ去ったドーラの行方をみつめていた　ドーラは逐われていた

兄はいった　ドーラは世界の幼ない原型なのだ　象から鳥に　鳥からトカゲに　トカゲから貝に　貝からヒトに　たえまなく送られてくるらせんの音階が見える　ドーラから発信され　無限につづく緑色の母音の系列はまたドーラの耳に還ってゆく　ドーラは聴いている　ぼくらの内なる〈ア〉をざわめかせ　ぼくらのさまよう〈イ〉をいざない　ゆるやかな母音のリズムが球

도라의 섬

도라를 찾으러 가자고 오빠가 말했다 도라는 섬에 사는 코끼리였다 섬은 해넘이 부근에 있었다 섬 한가운데 하루만큼의 하늘이 있어 하늘은 마을을 숨기고 마을은 창문을 숨겼다 오빠는 병실 창가에서 도라가 사라진 숲 그늘을 지그시 바라보았다 도라는 쫓기고 있었다

오빠는 말했다 도라는 세계의 미숙한 원형이란다 코끼리에서 새에게로 새에서 도마뱀에게로 도마뱀에서 조개에게로 조개에서 인간에게로 끊임없이 전송되는 나선형 음계가 보인다 도라에게서 발신되어 무한히 이어지는 녹색 모음 계열은 다시금 도라의 귀로 되돌아가고 도라는 듣고 있다 우리 안의 'ㅏ'를 수런거리게 하고 표표히 떠도는 우리의 'ㅣ'를 끌어들여 느릿한 모

形の空をめぐっているのだ

島は夏の終りに向かって流れていた　象たちは次第に狩りたてられ　こわばって　パンになり　むちになり　椅子になった　ドーラの思い出だけが二人を共犯者にした　置きざりにされたまるい手や足の間を二人はひそかに歩きつづけた　ゆきくれた象たちは崖の上で瘤の多い植物に変った　V字型の岬にひからびた象の木が一本横たわっていた　乾いた砂礫に半ば埋れた木は年輪もなく果実をつけることもない　まるで鉱石のようにみえる　風の暗い日　浜辺は象たちのとぎれがちの悲鳴で満たされた

大人たちが兄の死を予告した　島の中空で世界がこわれたオルガンのように鳴りひびいた　夏の間ドーラを捜しながら兄と私は粗い毛の生えた灰色の耳のありかへ少しずつ近づいていった　蘚苔類におおわれた冷え

음의 리듬이 구형의 하늘을 맴도는 것이다

섬은 여름의 끝을 향해 흘러갔다 코끼리들은 서서히 궁
지에 몰리다 빳빳이 굳어 빵이 되고 채찍이 되고 의
자가 되었다 도라의 추억만이 둘을 공범자로 만들었
다 외따로 남겨진 둥근 손과 발 사이를 둘이서 가만가
만 걸어나갔다 해가 지자 코끼리들은 벼랑 위에서 울
퉁불퉁한 식물로 변했다 V 자형 곳에 비쩍 마른 코끼
리 나무 한 그루가 모로 누워 있었다 마른 모래와 자갈
에 반쯤 파묻힌 나무는 나이테도 없고 열매도 맺지 않았
다 흡사 광석과도 같았다 바람이 어둡던 어느 날 바
닷가는 끊길 듯 끊기지 않는 코끼리들의 비명으로 가득
했다

어른들이 오빠의 죽음을 예고했다 섬 공중에서 세상이
망가진 오르간처럼 울려 퍼졌다 오빠와 나는 여름내 도
라를 찾아다니며 듬성듬성 털이 난 회색빛 귀가 있는 곳

た聴覚の片すみで道はゆきどまった　ききなれたすべ
ての言葉と音の破片が激しい流砂となって　漏斗型の
大きな耳の底へ吸いこまれていた　世界は無音になり
ドーラの軌跡はそこでとだえた

真空のなかに私の心臓の音だけがひびいていた　それ
が空をめぐるただ一つのリズムだった　夢の中へもう
一つの夢からさめていくように死の傍は暗かった　兄
の目が私をじっと見ていた　私を通して背後の窓を見
ていた　日没の窓で海が泡立ち　ドーラの島がその中
へ沈んでいった

으로 조금씩 다가갔다 이끼로 뒤덮인 시린 청각의 구석에서 길은 끊어졌다 귀에 익은 모든 언어와 소리의 파편이 격렬하게 쏟아지는 모래가 되어 깔때기 모양의 커다란 귀 밑바닥으로 빨려 들어갔다 세계는 무음이 되고 도라의 궤적은 거기서 끊겼다

진공 속에 온통 나의 심장 소리가 메아리쳤다 그것만이 하늘을 돌고 도는 단 하나의 리듬이었다 꿈에서 깨어 또 하나의 꿈속으로 들어가듯 죽음 곁은 어두웠다 오빠의 시선이 가만히 내게로 향했다 나를 지나 등 뒤의 창문으로 향했다 저물녘 창가에는 파도가 일고 도라의 섬은 그 속으로 잠겨들었다

モアのいた空

幼ない日にはよく風が吹いた　風が空の堆積物を吹き
はらうと　鳥たちの足あとが見えてくる　ぼくと妹は
足あとから一羽の鳥を探す遊びが好きだった　空色の
画用紙いっぱいに妹はさまざまの鳥の形を描いた　太
い脚と長いくび　また太い脚と長いくび　妹の描く鳥
にはどれも翼がなかった

鳥は夜になると四角い画面をぬけ出して夢の中へ入
ってきた　そのおおらかな背中の線は巨鳥モアのりん
かくにぴったりと重なった　モアはしばしば妹の夢の
なかへぼくを連れていった　夢の奥はぼんやりと広が
り　たくさんの砂色の子どもたちがさまよっていた　ど
の子も妹にそっくりだった　かれらは大きな目と鳥の

모아가 있던 하늘

어린 날에는 자주 바람이 불었다 바람이 하늘의 퇴적물을 날려버리면 새들의 발자국이 보이곤 했다 나와 여동생은 발자국 따라 한 마리 새를 찾는 놀이를 좋아했다 동생은 하늘색 도화지 가득 온갖 모양의 새를 그렸다 굵은 다리와 긴 목 또 굵은 다리와 긴 목 동생이 그린 새는 하나같이 날개가 없었다

새는 밤이 되면 네모난 틀을 벗어나 꿈속으로 들어왔다 그 서글서글한 등의 윤곽이 거대한 새 모아와 꼭 들어맞았다 모아는 종종 나를 동생의 꿈속으로 데리고 갔다 꿈 깊은 데가 아득히 넓어지며 수많은 모래빛 아이들이 방황하는 모습이 보였다 아이들은 저마다 동생을 쏙 빼닮았다 그들은 커다란 눈망울에 새의 다리를 지니

脚をしていた

ぼくらはモアのことをよく話した　翼の退化した鳥モア　空をなくした鳥モア　モアのたどりついた大地はきっとひどく高価でさびしい場所だったのだ　火とハンターと翼のあるワシたちがかれらを沼地へと逐い立てた　五万年前のある一日　モアの親子が一組の足跡を砂岩の上に残している　その日から底無しの泥泉へ向けて　かれらはどんな曲線をえがいて滅びていったのだろう

ぼくらは沼とモアとの間に位置を占め　とぎれた歩行のあとを一本の線でつなぐ遊びをした　ぼくは火と氷と欲望の弓矢をモアの視界に置いた　妹は透明な一枚の地図の上で風のやんだ空を見あげていた　瞳のおくで空が藍色に深まり　ちぎれた昆虫のはしきれが小さな火となって燃え上った　そのとき妹は瞳の底の短かい夕焼けの方向へくっきりと一本の線をひいた

고 있었다

우리는 자주 모아에 대해 이야기했다 날개가 퇴화한 새
모아 하늘을 상실한 새 모아 모아가 다다른 땅은 분명
아주 값비싸고 외로운 곳이었으리라 불과 사냥꾼과 날
개 달린 독수리들이 그들을 늪지대로 내몰았다 5만 년
전 어느 날 어미 모아와 새끼 모아가 사암 위에 한 쌍의
발자국을 남겼다 그날 이후 그들은 깊디깊은 진흙의 샘
을 향하여 어떠한 곡선을 그리며 멸망해 간 것일까

우리는 늪과 모아 사이에 머물며 끊어진 보행의 흔적
을 한 줄로 잇는 놀이를 했다 나는 불과 얼음과 욕망의
화살을 모아의 시야에 두었다 동생은 투명한 지도 위
에서 바람이 멎은 하늘을 올려다보았다 눈동자 속 하
늘이 쪽빛으로 깊어가고 갈가리 찢긴 곤충의 잔해가
작은 불꽃이 되어 타올랐다 그때 동생은 눈동자 바닥
에 드리운 짧은 석양 쪽으로 또렷한 선 하나를 그었다

大人たちははんぱな子どもたちを階段の下へ追いたて
た　子どもたちは暗がりに白いクレヨンみたいにあお
ざめて寄り合っていた　かれらは大きな目をあげて昔
空のあった場所をみつめていた　ある夜ぼくは見た　た
くさんの子どもたちが鳥になりかけたまま階段をのぼっ
て　つきあたりの窓から空の中へ一列になって入ってい
くのを　そしてぼくはその日から妹を見失なった

* * *

幼ない日には窓をあけると空の内部が見えた　空の
底には滅びたモアたちの骨が星のように重なってい
た　夜明けと夕暮れとがはげしく交代して　昼のする
どい星々が傷ついていた　そしてぼくらもまた小さく
廻転しながら　見えない鳥たちの軌道の上をゆっくり
と動いていた

어른들은 어리숙한 아이들을 계단 아래로 내몰았다 아이들은 어둠 속에 하얀 크레용처럼 창백하게 질려 모여 있었다 그들은 큰 눈을 들어 오래전 하늘이 있던 곳을 물끄러미 바라보았다 어느 밤 나는 보았다 수많은 아이들이 새가 되어 계단을 오르다 막다른 창에서 하늘을 향해 한 줄로 나란히 들어가는 것을 그날 이후 나는 동생을 잃었다

* * *

어린 날에는 창을 열면 하늘의 내부가 보였다 하늘 밑 바닥에는 멸종된 모아들의 뼈가 별처럼 포개져 있었다 새벽과 초저녁이 분주하게 교차하며 예민한 낮 별들이 상처를 입었다 그리고 우리 역시 작게 회전하며 보이지 않는 새들의 궤도 위를 천천히 움직이고 있었다

象の木の島で

島の形は日によって変った　雲の分量により　窓のひらく角度により　椅子のおかれる位置により　あるときはひとでのように拡がり　あるときは巻貝のようによじれ　あるときは砂の一粒のように小さかった

部屋は階段の上にあった　階段をいくつものぼっていくうちに日が昏れて　部屋は暗がりの中にぽつんとおかれていた　兄は細長い窓を閉ざして灯をともし島の内側をのぞいていた

月明りに巨大な象の木が一本立っていた（追われた象たちは島の上に立ちどまり少しずつ木になっていった）　木は砂色の岩の底から太古の記憶を吸い上げて二人に語

코끼리 나무 섬에서

섬의 생김새는 그날그날 바뀌었다 구름의 양에 따라 창문이 열린 각도에 따라 의자가 놓인 위치에 따라 어느 날은 불가사리처럼 벌어지고 어느 날은 고둥처럼 비틀리며 어느 날은 모래알처럼 작았다

방은 계단 위에 있었다 계단을 오르고 또 오르는 사이 해가 저물어 방은 어둠 속에 동그마니 놓여 있었다 오빠는 기름한 창을 닫고 불을 켜더니 섬 내부를 빠끔히 내다보았다

달빛 아래 거대한 코끼리 나무 한 그루가 서 있었다 (쫓기던 코끼리들은 섬 위에 멈춰서 조금씩 나무가 되어갔다) 나무는 모래빛 바위 밑에서 태곳적 기억을 빨아들

った　灰色の大きな葉が砂まじりの風の中でさらさら
鳴ると　木はラングという象になった　ラングは身をす
くめてひっそりと立っていた　ラングの肋骨の間を風
が吹きぬけて幾条ものさびしい冬の音階をつくってい
た　それは言葉になる以前に失なわれた遠い生きもの
の声を思い起させた　ラングはうなだれて語った

海に向かってひらかれていた世紀があった　牙の生
える前の生きものが大きくて豊かなからだを伝えよう
と生れてきた　それははてしない空からの粒子をひそ
めていた　どんな大海に沈んでも濡れることはないの
に　一粒の水滴にも溺れることができた　風の中を太
陽にむかって飛び　全身からオレンジ色の匂いを立
てた　海の象のようで　空の鯨のようで　まだその名
を呼んだものはいなかった　ただ一回きり　ただ一頭
きりの生きものだった　その生きものは　もし一千日
の陽光があれば一千ともう一通りの呼吸の仕方ができ

여 두 사람에게 들려주었다 큰 회색 잎이 모래바람 속에서 바스락거리자 나무는 랑그라는 코끼리가 되었다 랑그는 몸을 움츠리고 죽은 듯 서 있었다 랑그의 늑골 사이로 바람이 빠져나가 가닥가닥 쓸쓸한 겨울의 음계를 만들어냈다 그것은 이름도 얻기 전 사라져 버린 머나먼 생명체의 소리를 떠올리게 했다 랑그는 고개를 숙이고 말했다

바다 쪽으로 펼쳐진 세기가 있었다 아직 엄니가 나지 않은 생명체가 크고 풍만한 몸을 전하려 세상에 태어났다 그것은 광활한 하늘의 입자를 품고 있었다 아무리 드넓은 바다에 잠겨도 젖는 일이 없었는데 물방울 하나에는 빠질 수가 있었다 바람을 가르며 태양을 향해 날자 온몸에서 오렌지색 향기가 났다 바닷속 코끼리 같고 하늘 위 고래 같은 그 이름을 불러본 이는 아직 없었다 오직 한 번뿐인 오직 한 마리의 생명체였다 그 생명체는 만약 천 일의 태양빛이 있다고 한다면 천 번

た　それは熱い世紀だった

それからラングは語った　陸地での乾いた長い世紀の
ことを　虚空に吊り下げられ　ひからびていったさまざ
まの形の肉や血のことを　つながれて見世物になった
たくさんの声のことを　大きな葉っぱみたいにむしら
れ棄て去られた耳のことを　捲きとられ人目にさらさ
れた舌のことを　生物学のコンクリートに埋められた
数知れぬ足跡のことを　この世界と同じ大きさの見え
ない檻の内部のことを　その声は風となって幾晩も島
の窓ガラスをゆすった　石や草や動物たちがかれらの
境界をこえてお互いの近くにうずくまっていた

島が冷えはじめた　大人たちが象の木の近くで群れう
ごいた　夜ごと四角い大きな影が窓いっぱいにひしめ
いた　島にはロウソクも薪も足りなかった　ラングの
樹皮は剥がされ燃やされ　その火が一瞬窓を照らし

에 또 한 번을 더한 만큼의 호흡법을 알고 있었다 그것
은 뜨거운 세기였다

이어서 랑그는 말했다 육지의 길고 건조한 세기에 대하
여 허공에 매달려 바싹 말라버린 갖가지 형태의 살과
피에 대하여 꼼짝없이 붙들려 구경거리가 된 수많은 목
소리에 대하여 커다란 잎사귀처럼 잡아 뜯겨 내버려진
귀에 대하여 돌돌 말아 뽑혀 세상에 공개된 혀에 대하
여 생물학이라는 콘크리트에 파묻힌 헤아릴 수 없이 많
은 발자국에 대하여 이 세계와 같은 크기의 눈에 보이
지 않는 우리 내부에 대하여 랑그의 음성은 바람이 되
어 며칠 밤이고 섬 유리창을 흔들었다 돌과 풀과 동물
들이 그들의 경계를 넘어 서로 가까이 웅크리고 있었다

섬이 식어갔다 어른들이 코끼리 나무 근처에서 무리
지어 움직였다 밤마다 크고 네모난 그림자가 창문 가
득 와그작거렸다 섬에는 초도 장작도 충분하지 않았

た　幹は根元近くから伐りたおされ　やがて木は皺の多いかたまりになり　灰色のベンチになった　夕ぐれに子どもたちがその上に腰かけ　子どもたちもそのまま木の部分になっていった

島は黙りこみ小さな部屋は凍えてきた　餓えた鳥たちが窓の高さで島を横切っていった　翼が凍りかけ鳥は砂の堤防をこえて海の方へ小さな卵を運んでいた　兄と私は闇の奥に寄りそったまま　ラングの立っていた灰色の地層へ無数の気根を下していった　どこからかはじまった氷河の時代がすべての生きものの記憶を再び闇にむかって封じこめはじめていた

ぼくたちもいつか一本の木になるのだと兄がいった　木は切られて椅子と火になるだろう　椅子も火も遠いところまで象の木の物語を運んでいくことができる　凍てついた窓の内側で雪が降り出し　雪は抱き合

다 랑그의 나무껍질은 벗겨지고 불타 한순간 그 불길이 창문을 밝혔다 줄기는 밑동부터 베여 쓰러져 이윽고 나무는 주름 가득한 덩어리가 되고 회색빛 벤치가 되었다 저녁나절 아이들이 그 위에 앉았다가 그대로 나무의 일부가 되어갔다

섬은 침묵에 싸이고 작은 방은 얼어붙기 시작했다 굶주린 새들이 창문 높이에서 섬을 가로질렀다 날개가 얼자 새는 모래의 제방을 넘어 바다 쪽으로 작은 알을 옮겼다 오빠와 나는 어둠 속에 바짝 붙어 랑그가 서 있던 회색빛 지층에 무수한 공기뿌리를 뻗었다 어디선가 시작된 빙하의 시대가 모든 생명체의 기억을 다시금 어둠 쪽으로 봉인시키고 있었다

우리도 언젠가는 한 그루 나무가 되는 거라고 오빠가 말했다 나무는 잘려나가 의자와 불이 되겠지 의자도 불도 먼 데까지 코끼리 나무 이야기를 운반할 수 있다 얼

った私たちの上に深く積もりはじめた

어붙은 창 안으로 눈이 내리고 눈은 부둥켜안은 우리
머리 위에 수북이 쌓이고 있었다

木の家

影のない大きな昼間のなかに子どもたちだけが取り残されていた　木の家を棄てたのは子どもたちだろうか　大人たちだろうか　大人たちはなにげなく手近な窓を開いて　昔の木の家のある方向を指さしてみせる　すると木の家は思い出のように昼のはずれの方に見え　植物の細い茎が壁を這い　昆虫が低く唸っている　兄と私は窓辺によっていくたびもその木の家を眺めた

* * *

兄はいった　あれは木の家ではない　ぼくらの木の家は黄ばんだ夜の地図の上で朽ちかけている　あの錆びついた扉を押しあけるものはだれもいない　木の家

나무의 집

그림자 없는 커다란 낮 속에 아이들만 외따로 남아 있었
다 나무의 집을 버린 것은 아이들일까 어른들일까 어
른들은 무심히 가까운 창을 열고 오래전 나무의 집이
있던 곳을 가리켜 보인다 그러자 추억처럼 낮이 비껴간
쪽으로 나무의 집이 보이고 가는 식물 줄기가 벽을 탄
다 곤충이 나지막이 윙윙거린다 오빠와 나는 창가를
지날 때마다 나무의 집을 바라보았다

* * *

오빠는 말했다 저것은 나무의 집이 아니야 우리 나무
의 집은 누레진 밤의 지도 위에 썩어가고 있다 그 녹슨
문을 밀어젖히는 사람은 아무도 없다 나무의 집 옆을

のそばを通るものさえいない　木の家の内部の壁は夜
空のように暗く湿気の底に沈んでいる　ぼくには見え
る　壁の上に残された小さな星々のようないくつもの
しみが　あれらの点々をつないでごらん　あれは幼な
い夜々にぼくらが描きつづけたふしぎな動物たちの姿
なのだ

深い闇の底から今もぼくらを見上げる目のないワニ
　ぼくらを追う足のない象　ぼくらを呼びながら墜
ちていく鳥　ぼくらの手が知らずに描きつづけたあの
生きものたちはどこからやって来たのだろうか　木の
家の内部は彼らのあえぎに満たされている　彼らを光
の中へ連れ出すためには　わずか一本の線　一つの点
を加えればたりるのかもしれない　だがそのための時
間がもうぼくにはない

毎夜私は一人になると夢のざらざらした原野で　私

지나는 사람조차 없다 나무의 집 내벽은 밤하늘처럼 어둡고 습기 속에 푹 잠겨 있다 내게는 보인다 벽 위에 작은 별처럼 남겨진 여러 개의 얼룩들이 점점이 박힌 그것들을 이어봐 어린 날 우리가 밤마다 그리던 이상한 동물들이 거기 있잖아

깊은 어둠 아래서 지금도 우리를 올려다보는 눈이 없는 악어 우리를 뒤쫓는 발이 없는 코끼리 우리를 부르며 떨어져 내리는 새 우리의 손이 우리도 모르게 그려나간 그 생명체들은 어디서 온 것일까 나무의 집 내부는 그들의 가쁜 숨소리로 가득하다 그들을 빛 속으로 데리고 나오기 위해서는 단 한 줄의 선 단 하나의 점을 더하는 것으로 충분할지도 모른다 그러나 내겐 그만한 시간이 없다

매일 밤 나는 홀로 황량한 꿈의 들판에서 나를 쫓는 악어의 머리를 보았다 더없이 황폐해진 마을을 방황하는

を追いかけてくるワニの頭を見た　荒れ果てた町なか
をさまよう象の足とでくわした　海に沈む鳥たちを見
た　かれらのふくらんだ尾や頭の部分は夢の外へはみ
出していて　そこから静かに血を流していた　それは
傷口のように私を苦しめた

毎夜兄は一本のマッチを手に木の家のある方向へ出発
しつづけた　すべての声のないあの生きものたちを今
は地上から燃やしつくすことを兄はねがった　だが夜
が明けるごとに兄は傷ついた魚みたいに死の匂いを立
てて私のもとに流れついた　ぬれた長い髪が額を覆って
熱のある兄は見知らぬ少女のようにみえた　兄のひた
すらな歩行もついにあの動物たちまで届かなかった

＊＊＊

木の家の暗い絵が幼ない日の落書であるかどうか私に

코끼리의 발과 맞닥뜨렸다 바다로 가라앉는 새들을 보았다 그들의 부푼 꼬리와 머리 부위가 꿈결 밖으로 불거져 나와 거기서 조용히 피가 흘렀다 그것은 상처처럼 나를 괴롭혔다

매일 밤 오빠는 성냥개비 한 개를 손에 들고 나무의 집 쪽으로 떠나곤 했다 소리 없는 그 모든 생명체들을 이젠 지상에서 모조리 불태워버리기를 오빠는 바랐다 그러나 날이 밝으면 오빠는 상처 입은 물고기처럼 죽음의 냄새를 풍기며 내게로 흘러왔다 젖은 긴 머리칼이 이마를 덮어 열이 있는 오빠가 낯선 소녀처럼 보였다 오빠의 한결같던 발걸음도 끝내 그 동물들에게 닿지 못했다

* * *

어두운 나무의 집 그림이 내 어린 날 낙서였는지는 기억나지 않는다 그러나 나무의 집이 부식되어 나무의

は記憶がない　だが木の家が腐蝕し　木の壁が崩れお
ちる前に　私もまたあそこへ向かって出発しなければ
ならないと思った　あのうすれてゆく点々を星のよう
につないで　見棄てられたワニたちの目や足の位置を
見出さなければならない　そのためには一本のマッチ
でなく一本の勁い絵筆を私は持ちたいと願った

벽이 무너져 내리기 전에 나 또한 그곳으로 떠나야 한
다 저 옅어지는 점점을 별처럼 이어 아무도 돌보지 않
는 악어들의 눈과 발의 위치를 찾아내야 한다 그러기
위해 한 개비 성냥이 아닌 굵은 붓 한 자루 갖기를 나는
바랐다

II

灯台

真夜中の空に
雪が降りつづいています

鳥は　もう一羽の
相似形の鳥への
ひたすらな記憶によって
風の圏外へ飛び去り

魚類は凍てついたまま
聴覚の外を回遊しています

〈カタツムリの螺旋は暗く閉され〉

'

등대

한밤중 하늘에
눈이 나립니다

새는 또 한 마리
닮은꼴 새를 향한
한결같은 기억에 의지해
바람의 테두리 밖으로 날아가 버리고

어류는 꽁꽁 얼어붙은 채
청각의 외부를 회유합니다

〈달팽이 나선은 어둡게 닫혀〉
›

私は内側に倒れたローソクを
ともすことができません

そうして
残されたこの島の位置は
今　闇に侵蝕されていきます

나는 내면에 쓰러진 초에

불을 밝힐 수 없습니다

그리하여

남겨진 이 섬의 위치는

지금 어둠에 침식되어 갑니다

時間 1

レストランで
私といっしょに
スープを飲んでいたのは
鳥たちです

すきとおったくちばしを拭って
立ち上ると
つぎつぎに
こうもり傘をひらいて
夕陽の中へ
入っていってしまいました

止り木の上でひとり

시간 1

레스토랑에서
나와 함께
수프를 먹은 건
새들입니다

투명한 부리를 훔치며
일어서더니
차례차례
박쥐우산을 펼쳐
석양 속으로
들어가 버렸습니다

홰 위에서 홀로

雨の予報をきいているのは

私です

ボーイが

鳥かごの口をあけて

足あとをみんな

暗やみの方へ掃き出しています

비 소식을 듣는 건

나입니다

웨이터가

새장 문을 열고

발자국을 모두

어둠 쪽으로 쓸어냅니다

時間 2

かまどに火が燃え

パンがこねられ

湯がたぎっています

コックが向うむきになって

帽子の底の赤い魚を

追いかけています

どうしても

一匹だけ

つかまりません

（パーティがひらかれるのは今夜です）

시간 2

부뚜막에 불이 일고
빵 반죽이 시작됩니다
부글부글 물이 끓어오릅니다

요리사가 돌아서서
모자 속 빨간 물고기를
뒤쫓고 있습니다

아무리 해도
한 마리가
잡히지 않습니다

(파티는 오늘 밤 열릴 거예요)

黒い鳥が

一羽ずつ

鍋のなかからとび立っていきます

かぎりなく

とびたっていきます

›

검은 새가

한 마리씩

냄비 안에서 날아오릅니다

끝도 없이 하늘로

날아올라 갑니다

影

クレー "冬のイメージ" より

雪が一日中降っています

子どもが窓からのぞいています

木は貝類のほのぐらい夢のなかから

ほっそりと身を起し

さびしい触手みたいに

吹雪の中でゆれています

〈ゆきの底には

　　大きな水色の貝が死んでいるよ……〉

鳥は銀のほうきの一閃で

翼と足をもぎとられ

그림자

클레의 '겨울 이미지'에서

온종일 하늘에서 눈이 내립니다

아이가 창틈으로 내다봅니다

나무는 조개의 어스름한 꿈에서

가늘게 몸을 일으켜

외로운 촉수처럼

눈보라 속에 흔들립니다

　　〈쌓인 눈 밑에는

　　　커다란 물빛 조개가 죽어 있어요……〉

새는 은 빗자루의 번쩍임 한 번에

날개와 다리가 비틀려 뽑혀

まっ白い調理場へ

さかさまに投げこまれていきます

　　〈おかあさん

　　　おかあさん

　　　ぼくを助けて……〉

灰色の分厚いカンバスのおくへ

子どもの声が吸いこまれていく夕刻

一粒の涙が

大きな黒い影をひいて

空の深みへ落ちていくのです

새하얀 조리실에
가꾸로 뒤집혀 던져집니다

〈엄마

　엄마

　나를 살려줘……〉

두툼한 회색빛 캔버스 속으로
아이의 목소리 스미는 저녁

눈물 한 방울이
크고 검은 그림자를 드리우며
하늘 깊은 곳으로 떨어져 갑니다

丘

あの子がいなくなりました　まるい鏡の中の野原です

　　丘の上にはかぼそい草がゆらゆらと萌えてい
　　て摘草にくるのは雄鶏ばかりです

　　まだらの蛇たちがむらがって　西空の燃えがら
　　を消しています　空は一面の煙です

　　あの子はどこへ行ったのでしょう　風がよろよ
　　ろと暗い空のふちに触れていきます

　　〈ねえ　そこにいるのは尼僧ですか　じゅずを手
　　にして　一日中　雲雀の卵を食べているのは〉

언덕

아이가 사라졌어요 동그란 거울 속 들판입니다

언덕 위에는 가냘픈 풀이 움터 한들거리고 나물 캐러 오는 건 수탉들뿐입니다

얼룩무늬 뱀들이 무리를 지어 서쪽 하늘의 타다 만 재를 끄고 있습니다 하늘은 온통 연기로 자욱합니다

아이는 어디로 갔을까요 바람이 비칠비칠 어두운 하늘 테두리를 어루만집니다

〈저기요 거기 혹시 비구니인가요 염주를 손에

，

鏡のおくへ小さな足跡がつづいていて　丘はどこまで

も　しんとした春の夕ぐれです

들고 온종일 종다리 알을 먹고 있는 건〉

거울 속에는 작은 발자국이 종종 나 있고 언덕은 한없
이 고요한 봄날 저녁입니다

影の鳥

鳥は死んでから

だんだんやせていくのです

町には窓がたくさんあって

夜になるとどの窓のおくにも

橙色の月がのぼります

でもお皿の上の暗がりには

やせた鳥たちが何羽もかくれています

鳥たちは

お皿の上にほそい片足を置いて

大きな影法師になって

그림자 새

새는 죽고 나서
점점 더 말라갑니다

마을에는 창문이 가득하고
밤이 되면 어느 창에나
귤색 달이 뜹니다

하지만 접시 위 어둠 속에는
깡마른 새들이 몇 마리나 숨어 있습니다

새들은
접시 위에 가느다란 다리 하나를 올리고
커다란 그림자가 되어

月のない空へ舞い上っていくのです

死んだ鳥たちは

雨の降りしきる空で

びっしょりぬれた卵を

いくつもいくつも生むのです

そうして冷たい片足を伸ばして

沈んでいく月をのぞくと

深いところには

人間がいて

窓のなかで

ちぢんださびしい木を切っています

달 없는 하늘로 날아올라 갑니다

죽은 새들은
장대비 퍼붓는 하늘에서
흠뻑 젖은 알을
낳고 또 낳습니다

그리하여 차가운 한쪽 다리를 펴고
가라앉는 달을 들여다보면
저 깊은 곳에는
인간이 있어
창 너머에서
움츠린 외로운 나무를 베고 있습니다

耳

子どもたちは

ほとんど

不眠症にかかっています

窓の内側で

黒い魚が跳ねるので

子どもたちの耳の底は

いつもぬれています

はだかの犬ばかり

夢のそばを通りぬけていく

寒い夜

귀

아이들은
대부분
불면증에 걸렸습니다

창 안에서
검은 물고기가 뛰어오르는 탓에
아이들의 귓속은
늘 젖어 있습니다

벌거벗은 개들만
꿈 곁을 스쳐가는
추운 밤

›

お父さんと

お母さんは

残った一本の骨をかじりながら

ふとった赤ん坊を生みかけています

とうもろこしの畑で

暗い海が鳴ると

受胎されたままの

無数の子どもたちが

身動きします

아버지와

어머니는

남은 뼈 하나를 씹어가며

통통한 아기를 낳고 있습니다

옥수수밭에서

어두운 바다가 울면

수태된 채 남겨진

무수한 아이들이

몸을 움직입니다

魚

お母さんが子守歌をうたっています

お母さんの手のなかには

うっすらと血のしみがついていて

唖の子どもたちがぎっしり眠っています

どの顔もさびしいお魚みたいです

棄てられた子どもたちは

暗がりで

大きな網にさらわれて

みんなお魚になってしまうのです

魚たちは

夕ぐれになると

물고기

어머니가 자장가를 부르고 있습니다

어머니의 손바닥은

희미한 핏빛으로 얼룩져 있고

말 못 하는 아이들은 쌔근쌔근 잠이 들었습니다

하나같이 외로운 물고기를 닮았습니다

버려진 아이들은

어둠 속에서

커다란 그물에 걸려

모두 물고기가 됩니다

물고기들은

땅거미가 내리면

帰る場所をさがして

かわいた丸い口をあけ

一心にお母さんを呼ぶのです

でもお母さんは

まっしろいお皿をならべて

せっせと晩の支度をしています

台所の窓に灯がともると

魚たちの泣き声は

ぱったり

やんでしまいます

돌아갈 곳을 찾아

물기 없는 둥근 입을 벌리고

필사적으로 어머니를 부릅니다

하지만 어머니는

새하얀 접시를 늘어놓으며

저녁 식사 준비로 분주합니다

부엌 창에 불이 켜지면

물고기 우는 소리는

뚝

멎어버립니다

蛇

台所の窓は小さくて曇っている　空全体も曇ってひび
が入っている　ひびわれた空の下にぼくらの石の家が
ぽつんと見える

食卓の上に深鉢がならんでいる　一つ目の鉢はお父さ
んに　二つ目の鉢はお母さんに　三つ目の鉢はぼく自
身に　でも鉢のなかみが思い出せない　食器のおくに
かくれたぼんやりした暗がり　椅子にのっかってぼく
は中をのぞきこむ　鉢の底は沼みたいに深い　沼底に
は蛇がいるとお父さんがいった　沼に近づいてはいけ
ない　足のあるものは二度とそこからもどれない

日が沈むと沼はぼくの部屋から遠ざかり矢印の先の黒

뱀

부엌 창은 작고 흐리다 하늘도 온통 흐리고 금이 가 있
다 갈라진 하늘 아래 외딴곳에 우리의 돌집이 보인다

식탁 위에 우묵한 그릇이 늘어서 있다 첫 번째 그릇은
아버지에게 두 번째 그릇은 어머니에게 세 번째 그릇
은 나 자신에게 하지만 그릇 속 내용물은 기억나지 않
는다 식기 안에 숨어든 희미한 어둠 의자에 걸터앉
아 안을 들여다본다 그릇 바닥은 늪처럼 깊다 아버지
는 늪 바닥에 뱀이 산다고 했다 늪으로 다가가선 안 된
다 발이 있는 것들은 두 번 다시 나오지 못해

해가 지면 늪은 내 방에서 멀어져 화살표 끝 검은 점 하
나가 된다 나는 살며시 그네에 오른다 한밤중 평행사

い一点になる　ぼくはこっそりブランコに乗る　平行
四辺形の真夜中のブランコ　歪んだブランコ　窓をし
めてぼくはブランコをこぐ　お母さんがみえる　大き
な病気の鳥みたいにはねをたたんで　沼底の森の木に
とまって　ゆれているさかさまのお母さん　沼が波だ
っている　道がよじれている　一筋の蛇の跡が沼の方
へつづいている　ぼくはもう一度ブランコをこぐ　高
く　もっと高く　そうしてぼくは手を放す　お母さん
のいる沼へむかって　ぼくは墜ちつづける　いつまで
も　いつまでも

お母さんが晩のおかずをきざんでいる　包丁の音が
子守歌のように石の壁にひびいている　〈だあれかさ
んのうしろに　へびがいる〉　ふりむいてぼくは石の
とびらを押しあける　〈だあれかさんのうしろに　へ
びがいる〉　ふりむいてぼくはまた石のとびらを押し
あける　ぼくは押しつづける　何枚ものあかずのとび

변형 그네 일그러진 그네 창문을 닫고 나는 그네를 구른다 어머니가 보인다 병에 걸린 커다란 새처럼 날개를 접고 늪 바닥 수풀에 쉬며 거꾸로 흔들리는 어머니 늪이 물결친다 길이 비틀어진다 뱀 한 마리 지나간 자국이 늪으로 이어져 있다 나는 한 번 더 그네를 구른다 높이 더 높이 그리고 나는 손을 놓는다 어머니가 있는 늪을 향하여 나는 떨어져 내린다 언제까지나 언제까지나

어머니가 저녁 찬거리를 썰고 있다 도마질 소리가 자장가처럼 돌벽을 울린다 〈누구누구 등 뒤에 뱀이 있다네〉 나는 뒤돌아 돌문을 열어젖힌다 〈누구누구 등 뒤에 뱀이 있다네〉 나는 뒤돌아 다시 돌문을 열어젖힌다 나는 열고 또 연다 열리지 않는 여러 개의 문을 그러자 황혼 속 저 깊은 곳에서 어머니가 냄비 뚜껑을 열고 들여다본다 다 끓었을까 내게는 보이지 않는다 냄비 속 모습이 보이지 않는다 나는 몸을 쭉 편

らを　すると夕ぐれのずっと奥の方で　お母さんがお
なべのふたをとってのぞいている　煮えたかどうだ
か　ぼくには見えない　おなべの底が見えない　ぼく
は背のびする　ぼくの足が草をふみしだく　草の匂い
が立ちのぼる　ひなたの熱い草いきれのなかにぼくの
ひとりっきりの部屋がある

다 내 발이 풀을 짓밟아 폴폴 풀 냄새가 난다 양지
바른 쪽 뜨거운 풀숲 열기 속에 오직 나만의 외딴 방이
있다

魚の夜

子どもが深い夢のなかで目ざめている　病室の窓から
街の内部が見えてくる　街はくろずんでところどころ
傷んでいる　街路の上の濃い闇の裂け目をふんで　一
人の男がこの街を通りぬけていく　男は一匹の大きな
魚を背負っている

男の歩行につれて　あおむいた魚の喉の奥で釣針がに
ぶく光る　大きな魚の内臓には小さな魚たちの餓えが
ぎっしりとつまっている　魚たちは押し合いながらゆ
っくりと闇のおくの市場へ向かって運ばれていく

海からあがってくる通りは長く　家々は貝殻のついた
窓をかたく閉ざしている　魚売りの顔はみえない　だ

물고기의 밤

아이가 깊은 꿈속에서 눈을 뜬다 병실 창 너머로 거리의 내부가 보인다 거리는 거뭇해져 여기저기 상처 입었다 도로 위 짙은 어둠의 틈을 밟으며 한 남자가 거리를 빠져나간다 남자는 커다란 물고기 한 마리를 등에 업고 있다

남자가 발걸음을 옮길 때마다 뒤로 젖혀진 물고기 목구멍에서 낚싯바늘이 둔탁한 빛을 발한다 큰 물고기의 내장은 작은 물고기들의 굶주림으로 가득하다 물고기들은 밀치락달치락하며 어둠 속 장터로 천천히 운반된다

바다에서 오르는 길은 멀고 집들은 조개껍질 붙은 창

れも魚売りの足音に気づかない　それは夜毎に廻る時計の音に似ている

病室の窓ガラスに男の深い長靴の音が一晩中こだましている　子どもはいくたびも夢のなかで目をひらく　みひらいた大きな魚の目からたえず海の色が流れ出し　灰色の街路をひとすじにぬらしていく

発熱した子どもの胸に母は耳をあてている　胸のなかで小さな盲の魚たちがもがいている　子どもの口は乾いて　引いていく潮の匂いがする　母は子どもの胸をそっとひらき　手をさし入れて余分な重たい内臓を一つ一つ丹念にとりのけていく　汚れたシーツはとりかえられる

母はすきとおった子どものからだをかるがると抱きとり　暗い病室の外へ立ち去る　ちらばった魚の残骸

을 굳게 닫았다 생선 장수의 얼굴은 보이지 않는다 누구도 그의 발소리를 눈치채지 못한다 그것은 밤마다 돌아가는 시계 소리를 닮았다

병실 유리창에 남자의 육중한 장화 소리가 밤새껏 울린다 아이는 몇 번이나 꿈속에서 눈을 뜬다 커다란 물고기의 부릅뜬 눈에서 쉴 새 없이 바다색이 흘러나와 줄곧 회색빛 도로를 적신다

열이 나는 아이의 가슴에 어머니가 귀를 가져다 댄다 가슴속에서 작고 눈먼 물고기들이 버둥거린다 아이의 메마른 입가에서 밀려나가는 썰물의 냄새가 난다 어머니는 아이의 가슴을 살짝 열고는 손을 집어넣어 여분의 묵직한 내장을 조심스레 하나하나 끄집어낸다 더러워진 시트는 새로 갈아놓는다

어머니는 투명한 아이의 몸을 가볍게 안아 올려 어두

は　朝　海から遠いコンクリートの穴の底にすてられ

ている

운 병실 밖으로 사라진다 흩어진 물고기의 잔해는 아
침 바다 멀리 콘크리트 구멍 속으로 버려지고 있다

灰色の木

木の描き方を教えたのはお母さんだろうか　湿った日
暮れのスカーフをひろげて　生れた子どもをすっぽり
かくすと　お母さんはうすら寒い夢の底へ降りていっ
た　灰色のクレパスだけを持って　背の低い木がまば
らに生える道を

灰色の丘のはずれに　ひわ色の鳥たちの群がしきりに
湧いていたが　お母さんはひっそりと涙の谷へおり
て　子どもの小さな靴を片方落してしまった

もうどこにも行けないよ　どこにも行けないよ　子ど
もははじめて泣き方を習いながら　お母さんのはだけ
た胸の奥に灰色の鳥の卵を見つけた

회색빛 나무

나무 그리는 법을 가르쳐준 것은 어머니일까 눅눅해진
저녁의 스카프를 펼쳐 갓 태어난 아기를 감쪽같이 감
추더니 어머니는 으스스한 꿈의 밑바닥으로 한 발 한
발 내려갔다 회색 크레파스만을 손에 쥐고 키 작은 나
무가 드문드문 난 길을

회색빛 언덕 끝자락에 황록색 새 떼가 잇달아 솟아올
랐으나 어머니는 조용히 눈물의 계곡으로 내려와 아
이의 조그만 신발 한 짝을 떨어뜨렸다

이젠 아무 데도 못 가요 아무 데도 못 가요 아이는 처
음으로 우는 법을 배우며 어머니의 벌어진 앞가슴 속
에서 회색빛 새의 알을 찾아냈다

ヽ

お母さんの長いすすり泣きの中を　やがて灰色の大き
な鳥が飛び立っていく羽音がした　まっすぐな細い頸
と　餓えた鋭いくちばしが見えた

大きくおなり　大きくなって　秋には一本の木におな
り　あの鳥が荒れた空からもどってくるまでに　おま
えは大きな木におなり　とお母さんは子どもの素足を
抱きしめていった

秋になった　はだかの木が丘のふもとに立ってい
た　枝を切りつめられ　蟬のぬけがらも取りつくされ
て　木は風にふるえていた　わずかな灰色の葉の先端
で　木はけんめいに荒れた空へ近づこうとしていた

何枚も何枚も子どもは木の絵を描いた　木がのびると
空はもっと遠くで荒れていた　いくたび夢からさめて

›

훌쩍이는 어머니의 긴 울음 속에서 이윽고 커다란 회색빛 새가 날아오르는 날갯짓 소리가 들렸다 곧고 가는 목과 굶주리고 예리한 부리가 보였다

무럭무럭 자라라 무럭무럭 자라서 가을에는 한 그루 나무가 되어라 저 새가 거친 하늘에서 돌아올 때까지 너는 크나큰 나무가 되어라 어머니는 아이의 맨발을 꼭 껴안고 말했다

가을이 되었다 벌거벗은 나무가 언덕 기슭에 서 있었다 가지가 잘리고 매미의 허물도 떨어져 나가 나무는 바람 속에 떨고 있었다 몇 장 남지 않은 회색빛 잎사귀 끝에서 나무는 거친 하늘을 향해 힘껏 다가가려 하고 있었다

아이는 몇 장이고 거듭 나무를 그렸다 나무가 자라면

も手には灰色のクレパスしかなかった　子どもはそっ
と指を切って　葉かげに一粒の赤い実をつけた　血は
すぐ乾いて黒くなった　だが鳥はやっぱり来なかっ
た　青白い顔で子どもは木の絵を描きつづけた

暗い絵ね　とお母さんがのぞいてつぶやいた

하늘은 더 먼 데서 거칠어졌다 아무리 꿈을 깨어도 손
에 쥔 것은 회색 크레파스뿐이었다 아이는 살며시 손가
락을 베어 나뭇잎 그늘에 빨간 열매 하나를 맺었다 피
는 금세 말라 검게 변했다 그러나 여전히 새는 오지 않
았다 창백한 얼굴로 아이는 나무를 그리고 또 그렸다

어두운 그림이구나 어머니가 들여다보며 중얼거렸다

III

春のモザイク

うすい卵の殻の中で　子どもたちが首をのばして緑色
のお皿を待っています　春が近いのです　でも調理人
が忙しいのか　なかなか到着しません　胸騒ぎのする
親たちがレストランの片隅にうずくまって　さっきか
ら時刻表をぱたぱためくっています

待ちくたびれたおばあさんたちが　鳥のかっこうで茶
色いとびらに近寄っていきます　取手を引くと冷凍
庫のなかは春一番です　一寸先も見えません　鳥たち
ははばたきながらたちまち雲のおくへ吸いこまれて
いきました　空いっぱい灰色の声がこだましていま
す　町は大きなお皿にのって正午の方へ運ばれていき
ます　ひびの入ったお皿です

봄의 모자이크

엷은 알껍데기 속에서 아이들이 목을 빼고 녹색 접시를 기다립니다 봄이 오고 있습니다 하지만 요리사가 바쁜지 좀처럼 도착하지 않습니다 마음이 급해진 부모님들이 레스토랑 귀퉁이에 웅크리고서 아까부터 시간표를 획획 넘기고 있습니다

기다리다 지친 할머니들이 새의 모양새로 갈색 문을 향해 다가갑니다 손잡이를 당기자 냉동고 안에 꽃샘바람이 몰아칩니다 한 치 앞도 보이지 않습니다 새들은 날개를 파닥이며 순식간에 구름 속으로 휩쓸려 갑니다 하늘 가득 회색빛 소리가 울려 퍼집니다 마을은 커다란 접시를 타고 정오 쪽으로 옮겨갑니다 접시에는 금이 가 있습니다

、

裏庭でキャベツが繁殖しすぎています　ままごと遊び
の子どもたちが畑につながれたお父さんの馬の首を切
っています　とても静かです　馬はうなだれて喉の奥
からゆっくりと赤い煙を吐き出しています　カラスが
空で嗅ぎつけています　危ない午後です

おばあさんが駆け寄ってアドバルーンを引きおろして
います　おばあさんは家鴨の足をしています　戸棚の
暗がりでたくさんの家鴨の子どもが孵りかけていま
す　まだ目があきません　お母さんが両手をつっこん
で卵を一つ取り出そうとしています　両手の先は見え
ません　春はまもなく夜です　お父さんが帰ってきて
蛇口の下で小さな舌をすすいでいます

뒤뜰에서 양배추가 무섭게 번식합니다 소꿉놀이하던
아이들이 밭에 묶인 아버지의 말 머리를 자릅니다 몹
시도 고요합니다 말은 고개를 숙이고 목구멍 속에서
서서히 붉은 연기를 토해냅니다 까마귀가 하늘에서 냄
새를 맡고 모여듭니다 위험한 오후입니다

할머니가 달려와 애드벌룬을 끌어 내립니다 할머니의
발은 집오리처럼 생겼습니다 어스름한 찬장 속에 집오
리의 아이들이 가득 부화 중입니다 아직 눈을 뜨지 않
았습니다 어머니가 두 손을 찔러 넣어 알 하나를 끄집
어내려 합니다 어머니의 손끝은 보이지 않습니다 봄
은 머지않아 밤입니다 아버지가 돌아와 수도꼭지 아래
서 작은 혀를 헹굽니다

卵

お母さんが台所で昼の火事を消しています　オーブン
の中にオレンジ色の空が焼け残っています　空の下に
は食卓があって　お父さんが後向きになってオムレツ
を食べています　背中はとっぷり日暮れです　お母さ
んが燃えさしの日めくりをはいでいます　お母さんは
素足です　灰色のエプロンのかげで鳥たちがしきりに
卵をうんでいます　巣の中に月がのぼります

子どもたちが卵の中で夢を見ています　子どもたちのう
っすらとした眉や口のありかは遠い枝や雲と重なって見
分けがつきません　卵の中はみどりの暗がりです　子ど
もたちがみじかい手や足で生れる練習をくり返していま
す　ある子どもは蛇になりかけ　ある子どもは魚になり

알

어머니가 부엌에서 점심때 지핀 불을 끕니다 오븐 속
에 타다 남은 오렌지색 하늘이 있습니다 하늘 아래 식
탁이 있어 아버지가 돌아앉아 오믈렛을 먹고 있습니
다 등 뒤는 완연한 황혼입니다 어머니가 타다 만 일력
日曆을 떼어냅니다 어머니는 맨발입니다 회색빛 앞치
마 그늘에서 새들이 쉼 없이 알을 낳습니다 둥지 안에
달이 뜹니다

아이들이 알 속에서 꿈을 꿉니다 아이들의 엷은 눈썹
과 입이 있는 곳은 멀리 나뭇가지와 구름에 겹쳐 구분
이 가지 않습니다 알 속은 푸른 어둠입니다 아이들이
짧은 손과 발로 태어나는 연습을 반복합니다 어떤 아
이는 뱀이 되어가고 어떤 아이는 물고기가 되어갑니

かけています　子どもたちの胴体はすでに暗いのです

おばあさんが卵のなかをのぞいています　おばあさん
の指は月の光に透きとおっています　ある卵には雨が
降りしきっています　ある卵には羊歯類がはびこって
います　ある卵は砂嵐です　どの風景も一つずつちが
います　でもおばあさんが卵をそっともとの位置にも
どすと　卵はみんなそっくりです　ひっそりと寄り合
って満月の中へ傾いています

お父さんが影をひきずって起きてきます　影はぬれた馬
に似ています　馬はいうことをききません　くたびれた
お父さんは窓のそばで卵につまずきます　卵はかすかな
音をたててつぎつぎにこわれていきます　子どもたちの
溜息がぼんやり残っています　でもお父さんは気がつき
ません　うなだれて窓辺に立っています　馬がお父さん
の影をまたいで満月のベッドへもどっていきます

다 아이들의 몸통은 이미 어둡습니다

할머니가 알 속을 들여다봅니다 할머니의 손가락은 달빛에 비쳐 투명합니다 어떤 알에는 끊임없이 비가 내립니다 어떤 알에는 양치류가 무성합니다 어떤 알에는 모래 폭풍이 붑니다 어느 풍경이나 한 군데씩 다른 모습입니다 하지만 할머니가 알을 살짝 원래 위치로 되돌려 놓으니 알은 모두 똑같습니다 살며시 서로에게 다가가 보름달 속으로 기울어집니다

아버지가 그림자를 끌며 일어섭니다 그림자는 젖은 말을 닮았습니다 말은 순순히 말을 듣지 않습니다 지친 아버지가 창가에서 알에 발이 걸려 넘어집니다 알은 희미한 소리를 내며 차례차례 깨져갑니다 아이들의 한숨이 어렴풋이 남아 있습니다 그러나 아버지는 알아채지 못합니다 고개를 숙이고 창가에 섰습니다 말이 아버지의 그림자를 넘어 보름달 침대로 되돌아갑니다

忙しい夜

お父さんとお母さんが扉のかげで春の豆を炒っていま
す　豆の粒から細い蔓がのびてきます　蔓はかぎ穴か
ら子どもの部屋へ入っていきます　かぎ穴のむこうは
緑の夜です　首の長い馬がやぶを分けて月の斜面をお
りていきます　馬の目は光の中でうるんでいます　馬
はのどが渇いています

月が井戸の上を渡っています　井戸の底に金色にゆれ
ているのは卵です　蛙が両手に抱えています　春の秒
針はゆるく空を廻っています　子どもは深い緑の帽子
をかぶってベッドに入りました　帽子のかげに白い大
きな耳をかくしています
　›

분주한 밤

아버지 어머니가 문 그늘 아래서 봄 콩을 볶습니다 콩
알에서 가느다란 넝쿨이 자랍니다 넝쿨은 열쇠 구멍을
지나 아이의 방으로 들어갑니다 열쇠 구멍 너머는 녹
색 밤입니다 목이 긴 말이 덤불을 헤치며 달의 경사면
을 내려갑니다 빛 속에 선 말이 눈물을 글썽입니다 말
은 목이 마릅니다

달이 우물 위를 건너갑니다 우물 바닥에 금빛으로 흔
들리는 알이 있습니다 개구리가 양손에 안고 있습니
다 봄의 초침은 느긋하게 공중을 돕니다 아이는 짙은
녹색 모자를 쓰고 침대로 들어갔습니다 모자 밑에 크
고 하얀 귀를 숨기고 있습니다

夜ふけの枕で白い兎が身うごきします　どこかがち
ょっと病気です　鼻の先か耳の裏側かよく分りませ
ん　小さな蜘蛛が巣をかけています　巣は少しずつ拡
がってきます　子どもはいつまでも眠れません　窓の
外で黒い兎たちが一晩中跳びはねています

お母さんが低い声で歌をうたっています　歌のおくか
らかたつむりが一匹這い出してきます　ねむたいかた
つむりです　紅色の角をちぢめて月の丘をのぼってい
きます　子どもが後をつけていきます　地衣類がざわ
ざわと青い胞子をとばしています　風が出てきまし
た　お母さんが窓から手をのばして満月の帆を引きお
ろしています

깊은 밤 베개에서 흰 토끼가 몸을 움직입니다 어딘가
조금 아픈 모양입니다 코끝인지 귀 뒤쪽인지 잘 모르
겠습니다 작은 거미가 집을 짓고 있습니다 거미집은
조금씩 넓어집니다 아이는 도무지 잠이 오지 않습니
다 창밖에서 검은 토끼들이 밤새껏 뛰어다닙니다

어머니가 낮은 목소리로 노래를 부릅니다 노래 속에서
달팽이 한 마리가 기어 나옵니다 졸음 가득한 달팽이
입니다 선홍색 더듬이를 움츠리고서 달의 언덕을 올라
갑니다 아이가 종종 뒤따라갑니다 지의식물이 쏴쏴
푸른 홀씨를 날립니다 바람이 입니다 어머니가 창밖
으로 손을 뻗어 보름달의 돛을 끌어 내립니다

影のサラダ

夕やみの食卓で子どもたちが白いアスパラガスを食べています　やわらかいサラダです　すぐくずれてしまいます　たべてもたべても足りません　子どもたちの指はうすい紅色です　ひょろ長い足が食卓のかげでしきりにゆれています　紅色の足です

おばあさんが裏口にしゃがんでいます　くぼんだてのひらみたいな野菜畑です　星が沈んでいます　鳥がおちています　荒れたさびしい広さです　遠くでまばらな野菜がちぢれています　夜の収穫はありません　おばあさんが腰をのばして立ち上るとうす茶色の犬が何匹も風のように通りぬけていきます

ゝ

그림자 샐러드

저녁나절 식탁에서 아이들이 하얀 아스파라거스를 먹고 있습니다 부드러운 샐러드는 금세 흐물흐물해집니다 먹어도 먹어도 성이 차지 않습니다 아이들의 손가락은 담홍색입니다 길쭉한 다리가 식탁 아래 쉬지 않고 흔들립니다 홍색 다리입니다

할머니가 뒷문에 웅크리고 있습니다 움푹 파인 손바닥 같은 채소밭이 있습니다 별이 집니다 새가 떨어집니다 황량하고 쓸쓸하도록 드넓은 곳입니다 저 멀리 성긴한 채소가 오그라져 있습니다 밤의 수확은 없습니다 할머니가 허리를 펴고 일어서니 연갈색 개 몇 마리가 바람처럼 스쳐갑니다

›

お父さんが門を出ていきます　鉄砲を背負っています　青銅の馬が立ったままお父さんを見送っています　馬の目は冷えています　空には白い鳥がむらがっています　鳥たちは煙のような声で鳴いています　子どもたちが寄り合って見あげています　銃声はいつまでもひびきません　食卓に落ちてくるのは羽毛ばかりです

お母さんが耳をかたむけています　耳のなかは雨です　雨は灰色の島をぬらしています　島にはちいさな男がいます　暗い多産な男です　島はうすみどりの柔かい赤ん坊がふえつづけ足のふみ場がありません　お母さんは困っています　芽のうちに摘みとってこっそりお皿に盛っています　薄くて苦いサラダです　食卓で子どもたちが待っています

아버지가 문을 나섭니다 총을 메고 있습니다 청동 말이 선 채로 아버지를 배웅합니다 말의 눈망울은 차갑게 식어 있습니다 하늘에는 하얀 새가 떼를 지어 모여 있습니다 새들은 연기 같은 목소리로 지저귑니다 아이들이 모여들어 올려다봅니다 총소리는 끝까지 울리지 않습니다 깃털만이 식탁으로 떨어집니다

어머니가 귀를 기울입니다 귓속에는 비가 내립니다 비는 회색빛 섬을 적십니다 섬에는 조그만 남자가 삽니다 어두운 다산의 남자입니다 부드러운 연둣빛 아기가 자꾸만 늘어나 섬은 발 디딜 틈이 없습니다 난처한 어머니는 새싹을 움켜 뜯어 남몰래 접시에 올려둡니다 연하고 씁쓸한 샐러드입니다 식탁에서 아이들이 기다리고 있습니다

馬と魚

夕ぐれの台所でキャベツを解剖するお母さんの指はうすみどりに濡れている　指先から一滴のしずくがぽとんと落下するとお母さんの記憶の波間から一頭の黒い馬が顔を出す　春は長い　馬はゆっくりと向きを変えると野に埋まるヒヤシンスの球根をふんで一晩ごとに遠ざかる　暗い丘にひづめの音が消えた夜　お母さんは腰を下したまま耳の奥のアンモナイトの化石をそっとほどいている

床下にはラベルをはがれたワインの壜がならんでいる　横たわったはだかの壜を手にとってのぞいているのはお父さんだ　壜のおくには一匹ずつ魚がねむっている　魚たちの夢が壜の口から透明な液体になって流

말과 물고기

저물녘 부엌에서 양배추를 해부하는 어머니의 손가락은 연둣빛으로 물든다 손끝에서 물방울이 똑 하고 떨어지면 어머니 기억의 물결 틈으로 한 마리 검은 말이 얼굴을 내민다 봄은 길다 말은 유유히 방향을 바꿔 들판에 묻힌 히아신스의 알뿌리를 밟으며 밤마다 멀어져간다 캄캄한 언덕에 말발굽 소리 사라진 밤 어머니는 앉은 채 귓속의 암모나이트 화석을 가만가만 떼어낸다

마루 밑에는 라벨을 벗긴 와인병이 늘어서 있다 가로 누운 벌거숭이 병을 손에 들고 들여다보는 아버지 병 속에는 물고기가 한 마리씩 잠들어 있다 물고기들의 꿈이 투명한 액체가 되어 병 입구에서 흘러나온다 아버지가 그 안에서 검붉은 나이프를 씻는다 봄이 깊어

れ出している　お父さんがその中で赤い暗いナイフを
洗っている　春が深くなる　魚たちの夢がだんだん赤
く濁っていく

台所のすみで麦の穂が鉄鍋の蓋をもちあげている　ぼ
くと妹はエプロンをはずし　対角線をまたいで夜の麦
畑へ入っていく　野原には青くさいランプがともって
いる　ぼくらのてのひらには死んだ一頭の馬がかくれ
ている　ぼくらは素足で立ったまま黒いたづなを風に
解く　馬はよみがえり目ざめた星々の流れにそってぼ
くらを運ぶ　ぼくはしなやかな草色の鞭をにぎりしめ
る　風に妹の髪がなびく　冷えた大熊座で麦の穂がし
きりにざわめく　ふりかえると晩春の窓でお母さんが
ゆうべのお皿を洗っている

간다 물고기들의 꿈이 점점 더 붉게 흐려져 간다

부엌 구석에서 보리 이삭이 철 냄비 뚜껑을 들어 올린
다 나와 여동생은 앞치마를 벗고 대각선으로 가로질
러 한밤의 보리밭에 들어간다 들판의 풋내 밴 램프에
는 불이 켜 있다 우리의 손바닥에는 죽은 말 한 마리가
몸을 숨기고 있다 우리는 맨발로 서서 검은 고삐를 바
람에 맡긴다 말은 되살아나 잠에서 깬 별들을 따라 우
리를 데리고 간다 나는 보들보들한 풀빛 채찍을 꽉 거
머쥔다 바람에 동생의 머리칼이 나부낀다 차갑게 식
은 큰곰자리에 보리 이삭이 쉴 없이 넘실거린다 돌아
보면 어머니가 늦봄 창가에서 어제저녁 설거지를 하고
있다

내 안에 잠들어 있는 한 아이가 눈을 뜬다. 아이는 이상하다는 듯 고개를 갸웃한다. 꿈속에서는 그토록 논리정연하게 이야기를 들려주며 존재감을 드러내던 것들이 빛 아래서는 어째서 이토록 색이 바래고, 의미도 없으며, 뿔뿔이 흩어져 버리는 것일까 하고. 아이는 불안을 견딜 수 없어 걸핏하면 낮인지 밤인지도 알 수 없는 어둠의 귀퉁이로 달아나 숨어버린다.

생생한 색채와 소리와 냄새로 가득하던 저 만물 공생의 공간, 그건 이미 사라져 버린 옛날이야기 속 세계인 것일까. 그렇지 않으면 어른들도 매일 밤 아이가 되어, 자기도 모르는 새 그곳을 드나드는 것일까. 만물이 교대로 나무와 돌과 인간 속에 숨어드는 꿈의 공간을.

어느 여름날, 〈헨젤과 그레텔의 섬〉이 나의 의식 깊은 곳에서 둥실 떠올랐다. 내가 아직 소녀였을 때 숨을 거둔 다섯 살 터울의 오빠, 그와 함께한 불가사의한 추억을 처음으로 떠올린 작업이었다. 그 과정에서 오빠는 나 자신의 분신이 되었다. 꿈의 기억과도 같은 그림의 단편이 자석처럼 내게로 끌려왔고, 그 후 몇 편의 시를 썼다. 한 편의 시를 쓰니 세상이 달리 보였다.

직접적인, 어떤 감촉으로밖에는 이야기할 수 없는, 생의 혼돈의 부분. 그곳에 존재의 뿌리를 담그며 한없이 뻗어나가고자 하는 우주적이고 식물적인 힘이, 개인의 내부에 잠재되어 있다는 생각이 든다. 나로서는 그 이상의 표현으로 번역도 통역도 할 수 없는 침묵의 세계 — 이 일상의 토양 —, 그 모퉁이에는 언제나 그림자처럼 한 아이가 서성이고 있다.

1983년 봄이 오는 날

미즈노 루리코

옮긴이의 말

동화는 우리의 기억 저편에 홀로 떠 있는 섬과도 같다. 우리는 모두 작고 어리던 한 시절에 동화의 섬에 살다가, 우리도 모르는 새 어른이 되어 그 섬을 떠나온다. 인생의 바다를 흘러가다가 문득 그리워 뒤돌아보면, 저 멀리 보일 듯 말 듯 동화의 섬이 보이고, 비로소 그 시절 단편이 몇 장의 그림으로, 몇 개의 단어로, 떠올랐다 사라지고 지워졌다 피어난다.

내재하는 이것을 시의 언어로 엮은 것이 미즈노 루리코의 《헨젤과 그레텔의 섬》이다. 오래된 이야기라는 보편성의 섬 속에 어린 시절 기억을 직조하여 쌓아 올린 판타지의 성. 나는 이 신비로운 시집을 읽으며 시인의 섬이자 내 어린 시절의 섬으로 거슬러 올라간다. 마치 회유하는 물고기처럼. 그때에 별하늘을 올려다보며 자연을 느끼고, 우주를 느끼고, 바람처럼 내 볼을 스쳐 지나가는 시간을 느끼며, 이상하게도 내 존재를 포함해 그 모든 것이 하나로 얽혀 있음을 느낀다. 그리고 생각한다. 우리가 광활한 시공을 거슬러 과거의 어느 섬으로 돌아가야 하는 이유, 그것은 우리 각자의 내적 치유를 위해서가 아닐까.

미즈노 루리코水野るり子는 1932년 도쿄 오모리에서 2남 2녀 중 장녀로 태어났다. 큰 숲이라는 뜻의 오모리大森는 시나가와 아래쪽 도쿄만 부근에 위치한 마을인데, 당시에는 집 근처 신사에서 바다가 보였다고 한다. 나는 시인과 메일을 주고받으며 이 시집이 그녀의 유년 시절과 매우 밀접한 관련이 있음을 알았다. "넓은 의미에서 제가 자란 환경이 작품에 큰 영향을 미쳤다고 생각합니다. 〈헨젤과 그레텔의 섬〉에 나오는 이미지는 어린 시절 제가 살던 집 내부가 그 윤곽을 이루고 있어요. 2층으로 오르는 계단이라든가…… 그 사이 창문이라든가……."

이 시를 이끌어가는 '두 사람'도 어릴 적 결핵으로 죽은 오빠와 아이였던 시인 자신을 가리킨다.

그들 어린 남매는 어떤 시절을 함께했을까. "전쟁이 끝난 건 제가 열세 살 때였습니다. 아직 어렸기 때문에 공습과 배고픔이 엄청난 두려움으로 다가왔어요. 이 시의 모델이 된 오빠가 세상을 뜬 것도 결국은 영양실조 때문이었습니다." 어른들이 만들어놓은 무시무시한 전쟁이라는 시절 속에서, 죽음에 대한 공포와 굶주림에 시달리는 작은 소녀와 그 곁을 지키는 몸이 아픈 오빠. 시인의 기억 저편에 떠 있는 어린 시절의 섬은, 기근의 시대에 숲속에 버려져 사나운 마녀와 싸우는 헨젤과 그레텔의 모습과도 중첩되며, 한편으로 지금 우리가 살아가는 이 냉엄한 사회 속에서 또 다른 형태의 고립으로 두려움에 떨고 있을 작은 존재들의 모습과도 겹쳐진다. 어쩌면 우리는 어느 시대에나 어떤 모습으로든 상처투성이로 살아가면서, 어떻게든 스스로를, 또 타인을 치유하며 살기 위해 고뇌하는 것은 아닐까. 끊이지 않는 상처,

멈추지 않는 아픔, 이것이 우주를 흐르는 별처럼 연속적인 것이라면, 시는, 또 예술은, 만들어내는 사람에게나 받아들이는 사람에게나 계속해서 살아가게 하는 온기이자 위로가 되기 위해 존재하는 것이리라.

쉼의 문턱에서 문득 그리운 오빠와 함께했던 자신의 어린 날로 거슬러 올라가 〈헨젤과 그레텔의 섬〉을 썼다는 시인은, 이 시를 쓴 후 세상이 다르게 보였다고 고백한다. 우리는 이 시를 읽고 시인의 경험을 공유하면서, 마찬가지로 우리 모두가 가장 순수했던 한 시절에 살아갈 힘이 되었던, 사랑했던 누군가와 함께한 추억을 떠올리며, 어렴풋한 위안을 얻는 동시에 오늘의 나를 되돌아볼 수 있으리라. 더불어 앞으로 어떻게 살아가야 하는가에 대한 작은 해답까지도. 〈코끼리 나무 섬에서〉라는 시에서 시인은 오빠의 입을 빌려 말한다.

우리도 언젠가는 한 그루 나무가 되는 거라고

땅속에 뿌리를 내리고, 대지에 열매를 맺으며, 창공으로 뻗어나가는 나무와 같이, 하늘과 땅을 잇는 우주적이고도 자연적인 존재로서 살아가는 것이 결국 우리 인간의 숙명이 아닐까. 나무에서 책으로, 책에서 사람으로, 사람에서 다시 자연으로의 순환을 생각하게 하는 이 한 권의 시집은, 가늠하기 힘든 우주적 거리를 넘어 오늘의 당신에게로 왔다. 19세기에 오랜 유럽의 민담을 묶어낸 그림 형제에서, 20세기에 슬픈 유년을 신비로운 언어로 남긴 미즈노 루리코를 거쳐, 21세기에 이 시를 아끼고 사랑하는 젊은 출판인들에 의해 한국어로 번역돼 나오기까지. 그리고 다시금 이 책은 우리의 손길을 거쳐 느릿한 나선형 리듬을 타고, 누군가의 꿈속으로, 어떠한 무의식의 시간 속으로, 아무도 예측할 수 없는 세계 속으로 무한히 흘러가리라는 예감이 든다.

2016년 봄을 기다리며
정수윤